우리 아빠는 대머리예요

SEOUL, 2012

우리 아빠는 대머리예요

초판 제1쇄 발행일 2012년 6월 15일
초판 제29쇄 발행일 2022년 3월 20일
글 박현숙 그림 박정섭
발행인 박헌용, 윤호권 발행처 (주)시공사
주소 서울시 성동구 상원1길 22, 6-8층 (우편번호 04779)
대표전화 02-3486-6877 팩스(주문) 02-585-1247
홈페이지 www.sigongsa.com/www.sigongjunior.com

글 ⓒ 박현숙, 2012 | 그림 ⓒ 박정섭, 2012

ISBN 978-89-527-6563-5 74810
ISBN 978-89-527-5579-7 (세트)

*시공사는 시공간을 넘는 무한한 콘텐츠 세상을 만듭니다.
*시공사는 더 나은 내일을 함께 만들 여러분의 소중한 의견을 기다립니다.
*잘못 만들어진 책은 구입하신 곳에서 바꾸어 드립니다.

KC마크는 이 제품이 공통안전기준에 적합하였음을 의미합니다.
제조국 : 대한민국 사용 연령 : 8세 이상
책장에 손이 베이지 않게, 모서리에 다치지 않게 주의하세요.

우리  아빠는 대머리예요

박현숙 글 · 박정섭 그림

시공주니어

차례

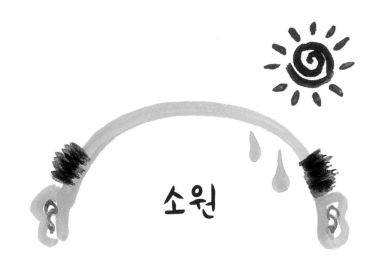

소원

　햇볕이 뜨거웠어요. 달걀을 길 위에 톡 깨뜨리면
지글지글 익을 것 같아요.

　"덥다, 더워."

　아빠는 손수건으로 목과 얼굴을 계속 닦았어요.
뒤통수까지 시원하게 벗겨진 이마도 잊지 않았고요.
뒤통수를 이마라고 하면 틀린 거겠죠? 나도 알아요.
하지만 아빠는 뒤통수가 꼭 이마 같다니까요.

　"호영아, 더운데 거기서 뭐 해? 들어가서 얼음 채운

수박이라도 먹지.”

　아빠는 자전거 뒤에 배추 단을 꼭꼭 묶으며
말했어요. 참, 아빠라면 지금 수박이 먹고 싶겠어요?
속이 부글부글 끓어올라 넘치기 직전인데요.

　“아빠아, 제에발! 내 소원이야아아, 응?”

　나는 두 손을 모으고 졸라 댔어요. 이 세상에서
최고로 불쌍한 표정을 지으면서요. 말꼬리가 엿가락
늘어지듯 늘어졌어요.

　아빠는 어림도 없다는 듯 잘라
말했어요.

　“말도 안 되는 소리 그만해.

아빠 머리를 폭폭 익힐 작정이야?"

　그러면서 자전거 안장에 털썩 앉았어요.

"자, 이제 배달이나 가 볼까?"

　나는 심각한데 아빠는 듣는 둥 마는 둥 했어요.

"금방 엄마 나올 거야. 그동안 가게 좀 보고 있어."

　아빠는 페달을 힘차게 밟았어요. 휘파람까지
불면서요. 자전거 뒤에 매단 배추 단이
뒤뚱거렸어요. 아빠는 엉덩이를 높이
들고 중심을 잡았지요.

　조르르, 조르르. 자전거 바퀴는
미끄러지듯 달렸어요.

아빠를 태운 자전거는 금세 길을 건너더니 아파트
단지 안으로 사라졌어요.

눈물이 핑 돌았어요.

"에잇!"

나는 채소 상자를 걷어찼어요. 아빠는 너무해요.
어쩌면 아들 속을 이렇게 팍팍 썩일까요. 그깟 소원
하나 안 들어주고요.

"우리 아들, 왜 이렇게 뿔이 솟았나?"

가게와 집을 잇는 쪽문이 열리고 엄마가 나왔어요.
아랫배를 살살 문지르며 얼굴을 찌푸리는 걸 보니
똥을 시원하게 누지 못했나 봐요.

"몰라!"

나는 소리를 빽 질렀어요. 아빠한테 못 한 화풀이를
엄마한테 하는 거예요. 엄마가 눈을 동그랗게 떴어요.
나는 보란 듯이 가게 문을 발로 뻥 찼어요.

"우리 아들이 왜 이러나. 엄마한테 말해 봐.

다 들어줄게."

다 들어준다고요? 귀가 솔깃했어요. 하지만 엄마 말을 철석같이 믿으면 안 돼요.

나는 눈을 가늘게 뜨고 물었어요.

"정말 다 들어줄 거야?"

"일단 들어 보고."

엄마가 배시시 웃었어요. 그러면 그렇지요. 10초도 안 돼 번덕이에요. 엄마는 언제나 이랬다저랬다 해요. 변덕쟁이라니까요.

"관둬."

나는 입술을 쭉 내밀며 볼멘소리를 했어요.

"말해 봐. 누구랑 싸웠어? 엄마가 당장 쫓아가서 혼내 줄까? 어떤 놈이야?"

엄마는 눈을 부릅떴어요. 정말 당장이라도 쫓아갈 것처럼 주먹도 불끈 쥐고요. 엄마는 내가 만날 싸움이나 하는 철부지인 줄 알아요. 나도 이제

클 만큼 컸다고요.

"싸운 거 아니란 말이야."

나는 발을 쾅 굴렀어요.

아무것도 모르는 엄마도

답답해했어요.

"그럼?"

엄마는 끈질기게 물었어요.

나는 잠깐 망설이다

대답했어요.

"가, 가발 말이야."

엄마는 두 손으로 머리 양쪽을 누르며 말했어요.

"가발? 머리에 뒤집어쓰는 거?"

"맞아, 뒤집어쓰는 거. 내가 아빠한테 가발 좀
쓰라고 했더니 싫대. 더운 날 가발 쓰면 머릿속에서
이렇게 확확 불이 난다고."

나는 내 머리카락을 마구 헝클며 설명했어요.

"대머리가 되고도 10년 넘게 그냥 살았는데
갑자기 가발은 왜?"

엄마는 고개를 갸웃거렸어요. 나는 가슴을 콩콩
쥐어박았어요. 답답해서 숨이 콱 막힐 것 같았지요.

가발은
안 돼!

사실대로 말하면 보나 마나 야단맞을 거예요.

아들이 아빠를 부끄러워한다고요.

"나는 아빠가 머리카락이 엄청 많았으면 좋겠어. 가발을 쓰면 많아 보이잖아."

"새삼스럽게 가발은 무슨. 이렇게 더운 날 가발을 쓰면 머릿속이 땀띠 밭이 될걸? 그리고 가발 쓰고 자전거 타다가 가발이 바람에 날아가기라도 하면? 아이고, 창피해. 위험하기도 하고."

엄마는 고개를 절레절레 저었어요.

"그만둬."

나는 집 안으로 들어가며 운동화를 날리듯 벗어 던졌어요. 운동화 한 짝이 화단까지 날아갔어요.

"벌써 사춘기니? 웬 생트집이야?"

엄마가 혀를 끌끌 찼어요.

혜원이가
싫어하는 남자

전학 온 혜원이와 짝이 된 건 정말 꿈 같은
일이에요. 혜원이는 날씬한 몸매에 눈도 크고 코도
오똑했어요. 우리 반 남자아이들은 혜원이를 보는
순간 모두 반한 눈치였어요.

"혜원이는 호영이 옆에 앉아라."

선생님 말에 나는 하마터면 두 팔을 번쩍 들고
'야호!' 하고 외칠 뻔했어요. 가슴이 콩닥콩닥
뛰었어요. 설마 꿈은 아니겠지요. 나는 내 팔을 살짝

꼬집어 보았어요.

"안녕!"

혜원이는 내 옆에 앉으며 인사했어요. 칵! 그 순간
나는 기절하는 줄 알았어요. 목소리도 어쩜 이렇게
예쁠까요. 나는 뜨거워지는 귀밑을 박박 문질렀어요.

'진짜 예쁘다!'

나는 힐끔거리며 혜원이를 훔쳐봤어요. 입을 헤
벌리고요.

혜원이가 공책을 꺼내고 가방을 뒤적거렸어요.
필통을 찾는 게 분명했죠. 나는 냉큼 내 필통을
내밀었어요. 혜원이 눈이 동그래졌어요.

"내 연필 써. 뾰족하게 깎아 왔어. 지우개도 내 거
써. 아주 잘 지워져."

나는 연필과 지우개를 몽땅 꺼내 보였어요.

"고마워."

혜원이는 원숭이 그림이 있는 연필을 잡았어요.
내가 가장 좋아하는 연필이에요. 어쩌면 이렇게 나와
좋아하는 것도 같을까요?

"또 필요한 거 없어? 가지고 싶은 거 있으면 다
가져도 돼."

나는 혜원이에게 첫눈에 홀딱 반한 티를 팍팍 내며
말했어요. 그리고 가방을 열어 혜원이 무릎에 올려

주었어요. 가방 앞쪽 주머니에 가득한 게임 카드도
혜원이가 원한다면 다 줄 거예요. 혜원이에게는 가진
것을 다 주어도 아깝지 않을 것 같아요.

"내 생일에 초대할게. 먹고 싶은 거 있으면 다 말해.
뭐든지 만들어 줄게. 우리 엄마는 요리 박사거든."

나는 한 달이나 넘게 남은 생일 초대까지 일찌감치
해 버렸어요. 엄마가 요리 박사라는 거짓말까지
하면서요. 혜원이는 대답 대신 살짝 웃었어요. 좋다는
건지 싫다는 건지 알 수 없었지요.

"선물 같은 건 필요 없어."

나는 걱정하지 말라는 듯 말했어요. 생일 초대를
하며 선물이나 바라는 쩨쩨한 아이가 아니라는 걸
보여 주고 싶었거든요.

"너는 어떤 남자가 좋아?"

나는 혜원이 눈치를 보며 물었어요. 이왕이면
혜원이가 좋아하는 남자가 되고 싶었거든요. 입이

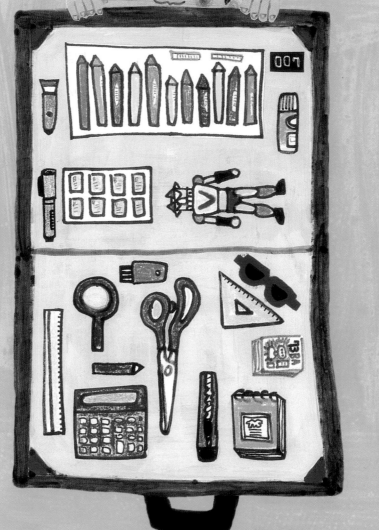

자꾸 헤벌쭉 벌어졌어요.

　"어떤 남자가 좋으냐고? 음……."

　혜원이는 원숭이 연필을 만지작거리며 말끝을
흐렸어요. 나는 혜원이에게 바짝 다가앉았어요.
'나한테는 다 말해도 괜찮아.' 하는 표정을
지으면서요.

　"싫어하는 스타일을 말해 줄게. 괜찮지?"

　"그럼."

나는 침을 꼴깍 삼켰어요.

"나는 맹꽁이처럼 배가 튀어나온 남자는 별로야.
앞니가 누런 남자도 싫고, 먹을 것을 보면 코부터
벌름거리는 남자도 별로고. 그리고……."

혜원이는 잠깐 말을 멈췄어요.

"그리고?"

"우리 선생님처럼 대머리도 싫어. 무스를 바를
수도 없고 파마를 할 수도 없잖아."

혜원이는 칠판에 수학 문제를 쓰고 있는 선생님을 빤히 바라봤어요. 얼굴을 잔뜩 찡그리면서요. 순간, 선생님 뒤통수가 반들거렸어요.

"히히히."

갑자기 뒤에서 동준이 웃음소리가 들렸어요. 혜원이가 하는 말을 들었나 봐요.

"지난번에 우리 선생님네 아버지를 봤거든. 그런데 그분도 대머리였어."

동준이는 묻지도 않은 말을 조잘조잘했어요. 우스워 죽겠다는 듯 킥킥거리면서요.

"대머리는 유전이래. 아빠가 대머리면 아들도 대머리가 되기 쉽대."

혜원이는 '유전'이라는 어려운 말을 썼어요. 아들은 아버지를 닮는다는 말이 유전인가 봐요. 나는 가슴이 뜨끔했어요. 우리 아빠는 누가 봐도 확실한 대머리잖아요.

그날 이후 나는 날마다 걱정되어 잠이 오지 않아요. 아빠가 대머리인 걸 혜원이한테 들키면 어떡해요. 아빠가 가발만 쓰면 되는데, 아빠는 꿈쩍도 안 해요.

"에휴."

나는 오늘도 땅이 꺼져라 한숨을 쉬었어요. 걱정이 백두산만큼 커졌어요.

"왜 그래?"

교문을 나서는데 동준이가 졸졸 따라왔어요. 나는 못 들은 체했어요.

나는 동준이가 별로예요. 동준이는 여기저기 참견도 잘하고 억지도 잘 부려요. 툭하면 남의 일에 끼어들어 싸움을 걸고 카드 게임에서 지면 징징대기 일쑤예요.

동준이는 끈질기게 따라붙었어요. 내 가방 앞쪽 주머니를 힐끔거리면서요.

"걱정이 있으면 나한테 말해. 내가 모두 해결해

줄게. 진짜야. 네가 가진
카드만 다 주면.”
　“네가 무슨 마법사냐?
다 해결해 주게?”
　나는 콧방귀를
뀌었어요. 내 게임 카드가
탐나서 그러는 걸 누가
모를 줄 알고요. 머리도
나쁜 게 까불고 있어요.
　“참견하지 마.”
　나는 동준이에게 눈을
흘기고 뛰었어요.

동준이
누나의 가발

드디어 일이 터지고 말았어요. 특급 사건이에요. 학교에서 아빠들 모임이 있었거든요. 회사에 다니는 아빠들도 참석할 수 있도록 저녁때 모임이 있었지요.

"우리 호영이가 공부하는 교실이 궁금했는데 잘됐네."

아빠는 양복을 차려입었어요. 반들반들 대머리에 로션도 정성껏 바르고요. 나는 아빠들 모임에 그다지 신경 쓰지 않았어요. 저녁 시간이니까 혜원이에게

아빠 대머리를 들킬 걱정은 없잖아요. 그런데
아빠가 모임에 다녀온 뒤에 일이 터진 거예요.

"이제 아빠들도 학교 일에 관심을 갖자는 의견이
나왔어. 시간이 되는 아빠들은 청소도 하러 가고
급식 당번도 하기로 했지. 아침 교통안전도
지도하고 말이야. 호영아, 아빠는 뭐 한다고 했게?"

아빠는 어깨를 으쓱거리며 물었어요. 퀴즈 놀이를
하는 사람처럼요.

"정답은 아빠는 아무것도 못 해. 가게 보고 배달도
해야 하니까 바쁘잖아."

나는 당연하다는 듯 대답했어요.

"땡! 교통안전 지도한다고 했는걸."

"안 돼!"

나는 아빠 말이 끝나기 무섭게 펄쩍펄쩍
뛰었어요.

"뭐가 안 돼?"

아빠와 엄마는
약속이라도 한 듯
놀란 토끼 눈이
되었어요.

"왜, 왜냐하면, 아빠는
배달해야지. 가게 청소도
해야 하고. 그리고…… 그래,
자전거도 닦아야지."

나는 교통경찰처럼 팔을
이리저리 흔들었어요. 아빠를
말려야 해요.

"별걱정을 다 하네. 그건 아빠, 엄마가
알아서 할 테니 너는 걱정하지 마."

"그래도 안 돼."

나는 울상을 지었어요. 아빠가 학교 앞에서
교통안전을 지도하면 혜원이랑 딱 마주칠 거예요.

만약 아빠가 혜원이에게 이렇게 인사하면요?

"네가 호영이 짝이니? 나는 호영이 아빠란다."

으악, 말려야 해요. 꼭 말려야 해요. 나는 고개를
마구마구 저었어요.

"얘가 왜 이래?"

엄마가 고개를 갸우뚱거렸어요.

"아빠는 뭐든지 다 잘할 수 있어. 걱정하지 마."

아빠가 주먹을 불끈 쥐며 싱긋 웃었어요.

"그럼, 아빠아아아."

나는 코에 바람을
잔뜩 넣고 흥흥거리며
아빠를 불렀어요.

"교통안전 지도할 때
말이야, 가발 쓰고
가면 안 될까?"

나는 두 손을 얌전히

모으고 싹싹 비는 시늉을 했어요. 대머리 아빠를
학교 앞에서 공개할 수는 없어요. 절대로요.

"또 가발 타령이니? 이 더위에?"

'가발'이라는 말에 엄마가 눈을 부릅떴어요.
아빠는 가만히 있는데요. 누가 엄마더러 가발
쓰라고 했느냐고요.

"얘가! 심심하면 가발 타령이야? 쓸데없는 말 좀
그만해."

"엄마는 모르면 가만히 있어!"

나는 아무것도 모르면서 화를 내는 엄마가
미웠어요. 나는 걸레 바구니를 힘껏 차 버렸어요.

"쟤 말하는 것 좀 봐. 엄마가 모르기는 뭘 몰라?
엄마가 그렇게 만만해? 그리고, 어떻게 된 애가
마음에 들지 않으면 발길질부터 해. 너, 혼나 볼래?"

엄마가 고래고래 소리를 질렀어요.

"무슨 엄마가 아들 소원도 안 들어주고 화만 내.

가짜 엄마지?"

나는 엄마보다 더 크게 소리쳤어요. 그깟 가발 쓰는 게 뭐가 어렵다고 그러는지 모르겠어요. 덥기는 뭐가 더워요. 참을 만한데요.

"아빠가 교통안전 지도하러 오면 나는 학교 안 다닐 거야."

나는 주먹을 불끈 쥐고 다시 한 번 소리를 빽 질렀어요. 그리고 몸을 획 돌렸어요. 정말 학교에 안 다닐 작정이에요. 그뿐인가요. 더 화가 나면 집도 나가 버릴 거예요.

나는 씩씩대며 밖으로 나왔어요.

"아빠가 교통안전 지도하는데 네가 왜 학교에 안 다녀?"

언제 왔을까요. 동준이가 가게 앞에 서 있었어요. 동준이 눈이 빤질빤질 빛났어요.

"넌 몰라도 돼. 근데 네가 여긴 웬일이야?"

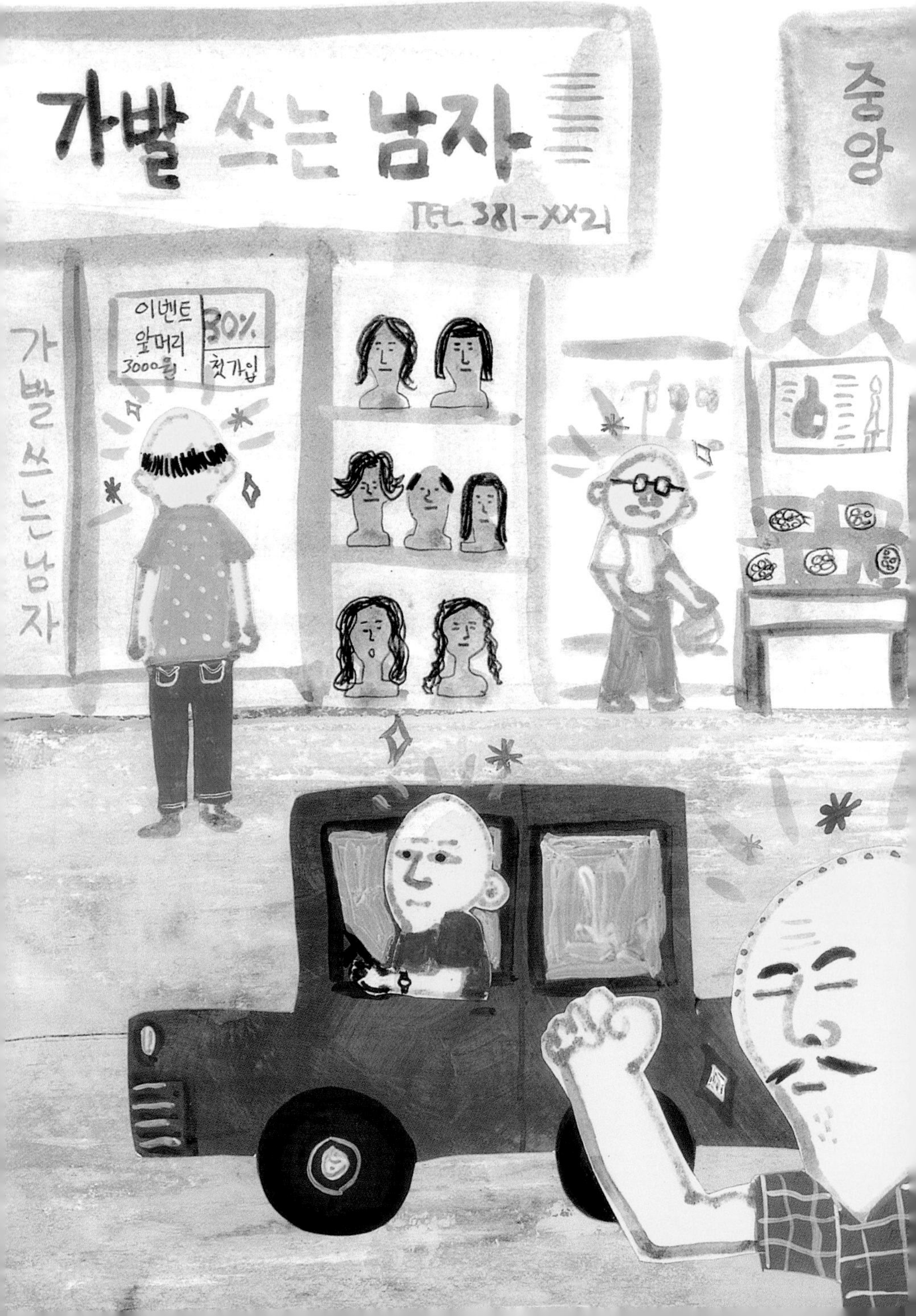

가발 쓰는 남자
TEL 381-XX21
중앙
이벤트
앞머리
3000원
30%
첫가입
가발 쓰는 남자

나는 따지고 들었어요. 내가 학교에 다니든 말든 무슨 참견이래요.

"너희 아빠랑 엄마랑 하는 얘기 다 들었다. 너, 혜원이한테 아빠가 대머리라는 걸 들킬까 봐 그러지?"

동준이는 코를 벌름거리며 씨익 웃었어요. 머리는 나빠도 눈치는 있나 봐요.

"가발은 있어?"

동준이는 큰 비밀을 말하는 것처럼 주위를 두리번거리며 목소리를 낮췄어요.

"우리 집에 가발 있는데 그거 줄까? 가발이 있으면 너네 아빠가 쓸지도 몰라. 귀 좀 대 봐."

동준이가 한 발 더 가까이 다가왔어요.

"우리 누나가 쓰던 긴 머리 가발인데 요즘은 안 써. 싹둑 자르면 될 거야. 대신 가발 값으로 게임 카드 나한테 다 줘야 해."

동준이는 '게임 카드'라는 말에 힘을 주었어요.
나는 가발을 준다는 말에 솔깃했어요. 아빠에게
가발을 씌울 수만 있다면, 그깟 게임 카드
동준이한테 몽땅 줘도 상관없어요.

쥐가 파먹다 만
고구마 같은 가발

"이걸 쓰라고?"

가발을 본 아빠 눈이 휘둥그레졌어요. 가발은
내가 보기에도 엉망진창이었어요. 이게 다 동준이
때문이에요. 가위로 대충대충, 설렁설렁 자르니까
이렇게 된 거예요.

"끝 좀 봐. 꼭 쥐가 파먹다 만 고구마 같아. 정말
너무한다. 이걸 돈 받고 팔았어? 어디야, 당장 가서
물리자."

엄마는 얼굴을 붉히며 소리쳤어요. 천장이 풀썩
내려앉을 것 같았어요.

"산 거 아니야."

나도 엄마를 따라 목소리를 높였어요. 생각할수록
화가 났어요. 내가 자른다고 했는데, 동준이 고집
때문에 이렇게 된 거예요. 뭐, 자기가 가위질을
잘한다나요.

"산 게 아니면 하늘에서 뚝 떨어졌니? 돈이
어디서 나서 이런 걸 사 왔어, 엉? 아유, 속상해."

엄마는 가발을 마구 흔들었어요. 엄마는 왜 만날
내 말을 안 믿는지 모르겠어요.
산 게 아니라는데.

"동준이 누나 거야.
게임 카드랑 바꿨어.
내 카드 몽땅 줬단
말이야."

갑자기 눈물이 주르르 흘렀어요. 속상한 걸로
치면 엄마는 내 발톱만큼도 못 따라올 거예요.

"동준이 누나 거라고? 걔 누나는 이런 가발을
쓰고 창피하게 어떻게 다녔다니? 그런데 동준이
누나 가발을 왜 아빠보고 쓰라는 거야?"

"몰라, 몰라."

나는 바닥에 퍼질러 앉아 울음을 터뜨렸어요.

"아이고, 시끄러워. 뚝! 더워서 가발은 안 된다고
했지? 고집 좀 그만 부려. 이렇게 계속 엄마 말
안 들으면……"

엄마 목에 힘줄이 섰어요. 제대로 폭발하기
직전이에요.

"말 안 들으면 뭐? 엄마 아들 하지 말고 집에서
나가라고? 알았어."

나는 꺽꺽 울었어요. 울면서 가방을 챙겨
들었어요. 나가라면 나가지요. 못 나갈 것 없어요.

엄마, 아빠도 내 속을 이렇게 썩이는데 나라고 질
수는 없어요. 아무리 나를 찾아도 눈앞에 나타나지
않고 속을 팍팍 썩일 거예요.

"기가 막혀. 그렇게도 집에서 나가고 싶으면
나가든가. 엄마 아들 하기 싫으면 하지 마."

엄마는 내 머리를 콩 쥐어박았어요. 아들도 하지
말라면서 왜 쥐어박는지 모르겠어요.

"아이고, 정신없어. 둘 다 조용! 호영아……."

말없이 지켜보던 아빠가 나섰어요. 아빠는
부드러운 목소리로 나를 불렀어요.

"아빠가 가발을 써야 하는 특별한 이유라도 있니?"

"이유는 무슨 이유예요. 괜한 생트집이지."

내가 대답하기 전에 엄마가 또 나섰어요. 아빠가
엄마에게 가만있으라는 눈짓을 했어요.

"다른 날은 안 써도 돼. 교통안전 지도하는 날만
쓰라고."

나는 눈물을 꿀꺽꿀꺽 삼켰어요.

"그날엔 왜?"

"……."

나는 엄마 눈치를 봤어요. 혜원이 얘기를 하면
분명 또 화낼 거예요. 아빠가 내 어깨를 다독여
주었어요. 걱정하지 말라는 뜻이에요.

"혜원이 때문에."

"혜원이가 누구야?"

내 말이 끝나기 무섭게 엄마가 따지고 들었어요.
아빠가 엄마에게 또 눈짓을 했어요. 엄마가 주춤
물러났어요.

"혜원이는 내 짝이야. 새로 전학 왔는데 인기
짱이야. 나도 혜원이가 좋아. 그런데……."

나는 말을 멈췄어요. 엄마가 무슨 말인가 하려다
아빠를 힐끔 봤어요. 보나 마나 '그런데 왜?' 이런
말을 하고 싶었겠죠.

"괜찮아. 다 말해 봐."

아빠 목소리는 여전히 부드러웠어요.

"혜원이는 대머리 남자를 싫어한대. 멋을 부릴 수가 없다고."

"그게 무슨 상관이야. 너는 대머리가 아닌데."

엄마는 기다렸다는 듯 말했어요.

"대머리는 유전이래. 혜원이가 그랬어. 나도 커서 대머리가 될 거라며 싫어하면 어떡해."

"……."

엄마가 소리를 버럭 지를 줄 알았는데 조용했어요. 눈만 멀뚱거리면서요.

아빠는 가발을 이리저리 돌려 보며 얼굴을 찌푸렸어요. 그러더니 배달하러 가는지 나가 버렸어요. 아무 말도 하지 않는 걸 보니 화가 잔뜩 났나 봐요. 이제 나는 어떡하면 좋아요.

제발 소원 좀 들어주세요

아침이 밝았어요. 머릿속이 걱정으로 가득 차 너무 무거웠어요. 나는 한숨을 쉬며 방에서 나왔어요.

아빠는 아침밥을 먹고 있었지요. 오늘따라 대머리가 유난히 반짝거렸어요. 아빠는 수북한 밥 위에 나물도 올리고 김치도 올렸어요. 그러더니 눈을 크게 뜨고 입을 벌렸어요.

맙소사, 그 큰 밥숟가락이 아빠 입안으로 가뿐하게 들어갔어요.

아들은 이렇게 걱정이 백두산인데 아빠는 밥이
맛있어 죽겠나 봐요.

"나 오늘부터 학교 안 다녀."

나는 아침밥도 먹지 않고 뛰쳐나왔어요. 정말
학교에 다니지 않을 작정이었어요. 하지만 막상
나오니 갈 곳이 없었어요. 나는 학교 앞 횡단보도가
빤히 보이는 곳에 쪼그리고 앉았어요.

시간이 지나자 아이들이 나타나기 시작했어요.

교통안전을 지도하는 아저씨 한 명이 보였어요.
노란 깃발을 든 아저씨는 무스를 발라 머리를
세웠어요. 멀리서 보니 꼭 고슴도치 같았어요. 저
아저씨는 누구 아빠일까요? 나는 정말 그 아이가
부러웠어요.

　그때였어요.

　"아!"

　순간, 나도 모르게 벌떡 일어났어요.

　저만큼에서 아빠가 보였어요. 나는 재빠르게 아빠
주위를 둘러보았어요. 혹시라도 주변에 혜원이가
있을까 봐 가슴이 콩콩 뛰었어요. 그런데, 가만요.
아빠 모습이 이상해요.

　"……야호!"

　나는 목이 터져라 소리쳤어요. 아이들이 모두
돌아봤지만 상관없어요. 푸른색 조끼를 입고 노란
깃발을 든 아빠가 가발을 쓰고 있지 뭐예요.

“아빠아!”

나는 아빠에게 달려갔어요. 마치 내 어깨에 날개가 달린 것 같았어요.

“아빠.”

나는 아빠를 힘껏 껴안았어요.

“아이고, 이 녀석, 허허허.”

아빠가 내 볼을 쓰다듬었어요. 가발 끝은 가지런했어요. 엄마가 손질해 줬나 봐요.

“아빠 진짜 멋져.”

나는 엄지손가락을 추켜올렸어요.

“호영이 너, 학교 안 다닌다고 하더니 여기는 뭐하러 왔니? 하하하. 저기 가방.”

아빠는 길 한쪽에 놓인 내 가방을 가리켰어요. 나는 머리를 긁적이며 가방을 멨어요.

때마침 건너편에 혜원이가 보였어요.

“혜원아.”

나는 손을 번쩍 들고 혜원이를 불렀어요.
혜원이에게 아빠를 소개해야죠. 나는 절대로
대머리와 상관없다는 걸 알려야 하니까요.

나를 본 혜원이는 손을 살짝 흔들었어요. 마침
초록 불이 들어왔어요. 나는 잽싸게 횡단보도를
건넜어요.

"혜원아, 안녕! 우리 아빠 교통안전 지도하러
오셨어. 저기 보이지? 깃발 들고 웃고 있는 아저씨.
머리숱 엄청 많지? 우리 아빠야. 이리 와 봐."

나는 혜원이 손을 잡아끌었어요. 혜원이는 주위를
둘러보며 내 손을 살짝 뿌리쳤어요. 그래도 싫지는
않은 눈치였어요. 혜원이는 얼굴이 빨개져서 나를
따라왔어요.

횡단보도를 반쯤 건넜어요. 갑자기 초록 불이
빨간불로 바뀌었어요.

빵, 성질 급한 자동차들이 앞다투어 빵빵거렸어요.

옆으로 쌩쌩 달리는 자동차도 있고요. 나는 몸을
움츠렸어요.

아빠가 깃발을 흔들며 소리쳤어요.

"호영아, 움직이지 말고 가만히 서 있어!"

나는 꼼짝하지 않았어요. 혜원이도 겁먹은 얼굴로
가만히 서 있었어요.

빠앙! 커다란 트럭이 천둥소리보다 더 크게
빵빵거렸어요.

"무, 무, 무서워."

그러더니 혜원이가 갑자기 달렸어요. 내가 잡을
틈도 없었어요.

"아악!"

"가만있어!"

아빠 목소리와 혜원이 비명이 뒤섞여 들렸어요.
나는 선 채로 발을 동동 굴렀어요.

끼이익!

혜원이에게 달려들던
트럭이 요란한 소리를 내며
멈췄어요. 아빠는 혜원이를
부둥켜안고 뒹굴었어요.
　세상이 딱 멈춘 것 같았어요.
내 귀에는 아무것도 들리지 않았지요.
"으으응응응."
한참 후에야 내 입에서 울음이 터져
　　나왔어요.

　　　　　"으앙!"

　　　　　어쩌면 아빠가 죽었을지도
　　　　　몰라요. 혜원이도요.

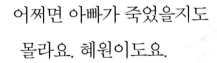

"아, 아, 아빠아."

나는 아빠에게 달려갔어요. 움직이지 않던 아빠가
꿈틀거렸어요.

"으앙."

아빠 품에 안겨 있던 혜원이가 기다렸다는 듯
울음을 터뜨렸어요.

"괜찮다, 괜찮아."

아빠는 혜원이를 일으켜 세웠어요. 그러면서 땅에
떨어진 가발도 주워 들었어요. 반짝거리는 아빠
머리에 빨간 피가 흐르고 있었어요.

약속은 지켜야지

학교가 끝나고 집까지 한달음에 달려왔어요.
아빠는 이마부터 뒤통수까지 모두 긁혔어요.

"어쩌면 좋아, 어쩌면 좋아. 혜원인가 하는 개
때문에 이렇게 됐다며?"

엄마는 아빠 머리에 빨간약을 바르며 어쩔 줄
몰라 했어요. 아빠가 도리어 엄마를 위로했어요.

"병원에서 약만 잘 바르면 괜찮다고 했어.
걱정하지 마."

"호영이 너, 앞으로 그
애하고 놀지 마."
　　엄마는 내 속을
뒤집었어요. 온통 긁힌
아빠 머리를 보면 나도
속상해요. 나는
넘어져서 팔꿈치가
조금만 까져도 울고불고
야단을 떠는데요. 아빠는 어른이라
울지도 못하잖아요. 어떤 아들이 그런
아빠를 보고 마음이 편하겠어요. 그래도
난 혜원이가 아빠의 대머리를 봤을까 봐
그게 더 걱정이에요. 혜원이가 나를
싫어할까 봐 조마조마하다고요.

　　"혜원이는 괜찮나?"
　　아빠가 혜원이 걱정을 했어요.

"그 애는 걱정 마요. 무릎만 약간 긁히고
아무렇지도 않대요. 당신 걱정이나 해요."

엄마가 쌀쌀맞게 대꾸했어요. 맞아요. 혜원이는
겉보기에는 멀쩡했어요. 하지만 많이 놀랐대요.
병원에서 링거도 맞고 약도 먹고 야단법석이었어요.

학교에도 3교시가 끝난 다음에 왔는데, 책상에
계속 엎드려 있었어요.

"이번 주 내내 교통안전 지도 당번이라면서요?
학교에 말하고 그만두면 안 될까요?"

엄마가 걱정했어요. 아빠는 거울을 보며 머리를
만지작거렸어요. 아빠 머리가 온통 빨갰어요. 빨간

물감을 뒤집어쓴 것 같았지요. 아무래도 빨간약을
너무 듬뿍 바른 거예요.

"그만두긴. 약속인데 지켜야지."

아빠는 조심스럽게 상처를 쓰다듬었어요.

"아빠, 정말 괜찮아?"

나는 슬금슬금 아빠 옆으로 다가앉았어요.

"그래, 정말 아무렇지 않아."

아빠가 씩씩하게 대답했어요.

"아빠, 그럼……."

나는 엄마 눈치를 보며 먼발치로 밀려나 있는
가발을 집어 아빠에게 내밀었어요. 상처 난 머리에
가발을 쓰면 무척 쓰라릴 거예요. 하지만 아빠가 조금
참아 주었으면 좋겠어요. 미안하지만, 정말
미안하지만 말이에요.

"너는 아빠 머리를 보고도 가발 타령이니? 온통
긁힌 게 안 보여? 가발을 쓰면 바람이 통하지 않아서

상처가 덧나. 에이그, 쯧쯧. 아무리 철이 없어도
그렇지, 그것도 모르니!"

엄마는 눈을 하얗게 뜨고 흘겼어요. 나는 고개를
푹 숙였어요.

그래도 할 수 없어요. 나는 벌떡 일어나 아빠
머리를 호호 불었어요.

"아빠, 내가 이렇게 호 불어 줄게. 한번 써 봐."

"어림없는 소리 마. 자꾸 그럴래?"

엄마는 꿈쩍도 하지 않았어요.

아빠도 곤란한 표정이었어요. 괜찮다고 씩씩한 척하더니. 나는 눈물이 핑 돌았어요.

다음 날, 아빠는 정말 가발을 쓰지 않고 나왔어요. 빨간약까지 바른 아빠 대머리는 멀리서 봐도 한눈에 들어왔어요. 나는 고개를 푹 숙이고 횡단보도 앞으로 갔어요.

"와, 슈퍼맨 아저씨다!"

"슈퍼맨 아저씨, 안녕하세요."

아이들이 떠드는 소리가 들렸어요. 나는 슬그머니 고개를 들었어요. 아빠 옆으로 아이들이 몰려들었어요. 아빠는 허허 웃고 있고요. 언뜻 보니 아빠는 꼭 빨간 모자를 쓰고 있는 것 같았어요.

"아저씨, 무술 배우셨어요? 이렇게 휘익 나는 무술

말이에요. 어제는 정말 멋졌어요."

한 아이가 한쪽 팔을 앞으로 쭉 뻗어 보이며 슈퍼맨 흉내를 냈어요.

"야, 대머리 슈퍼맨이 어디 있냐?"

언제 왔는지 동준이가 참견하고 나섰어요.

"호영이 아빠는 중국 무술 영화 배우 같아. 거기 배우들은 모두 반짝반짝 대머리거든."

동준이는 히죽 웃었어요. 나를 힐끔 보면서요.

"하하하, 그래. 아저씨는 영화 배우다. 대머리 배우!"

아빠가 껄껄 웃으며 맞장구쳤어요. 아이들은 신이 나서 펄쩍펄쩍 뛰었어요. 나는 얼굴이 뜨거워졌어요.

"자, 초록 불이다."

아빠가 노란 깃발을 번쩍 올렸어요. 아이들이 아쉬운 얼굴로 길을 건넜어요.

"호영아, 너도 어서 가. 조심하고."

아빠가 내 이름을 불렀어요. '호영아' 소리가
얼마나 큰지 깜짝 놀랐어요. 나는 뒤도 돌아보지
않고 뛰었어요. 횡단보도를 다 건너서도 뛰는 것을
멈추지 않았어요.
"호영아."
갑자기 문방구 옆에서 혜원이가 톡 튀어나왔어요.
"혜, 혜, 혜원아."
　　　나는 말을 마구 더듬었어요. 뒤를

돌아보면서요. 아빠가
아이들과 이야기를 나누고
있었어요. 나는 혜원이가 아빠를 볼 수 없도록
막아섰어요.

"너희 아빠는 괜찮으셔?"

"그, 그, 그럼. 아무렇지도 않으셔. 지각하겠다.
빨리 뛰자."

나는 혜원이를 뒤로한 채 먼저 뛰었어요.

대머리 1호, 2호

　나는 세수도 하는 둥 마는 둥 집을 나섰어요.
하필이면 오늘 늦잠을 잘 게 뭐예요. 배가
꼬르륵꼬르륵 요란을 떨었지만 지금 배고픈 게
문제가 아니에요. 나는 문을 나서며 가방 안을
확인했어요. 어젯밤에 넣어 둔 가발은 얌전히
그대로 있었어요.
　혜원이는 어제 우리 아빠 머리에 대해 한마디도
하지 않았어요. 교통사고가 나던 날엔 너무 놀라

미처 아빠 머리를 보지 못한 게 분명해요. 어제 학교에 올 때는 문방구 뒷길로 왔던 거고요. 당연히 아빠를 못 봤을 거예요. 그러니까 아직 혜원이에게 아빠 대머리를 들키지 않은 거지요.

나는 마음이 급해졌어요. 혜원이가 아빠를 만나기 전에 아빠한테 가발을 쓰게 해야 해요.

횡단보도 앞에 서 있는 아빠가 보였어요. 아빠는 씩씩하게 노란 깃발을 올렸어요. 아이들이 웃는 얼굴로 아빠에게 손을 흔들었어요. 햇살에 빨간 대머리가 반짝거렸어요. 그런데 참 이상해요. 오늘따라 아빠가 조금 멋있어 보였어요. 대머리까지 말이에요.

"호영아!"

누군가 뒤에서 나를 불렀어요. 많이 듣던 목소리인데……. 뒤를 돌자마자 나는 깜짝 놀랐어요. 혜원이였어요.

"아직 안 늦었는데 왜 그렇게 뛰어?"

혜원이는 활짝 웃었어요. 혜원이가 이렇게 웃는 모습은 처음이에요.

"으응, 아니야."

나는 아무렇지도 않은 듯 가슴을 펴 보였어요.

"너희 아빠는?"

혜원이는 대뜸 아빠부터 찾았어요.

"으응. 우리 아빠…… 우리 아빠는…….'"

나는 계속 '우리 아빠' 소리만 했어요. 그다음으로 해야 할 말이 생각나지 않았어요. 횡단보도 앞에 서 있는 대머리 아빠를 가리킬 수는 없잖아요.

"오늘은 안 나오셨어?"

혜원이는 목을 쭉 빼고

횡단보도 앞을 살폈어요.

"저기 오셨다."

혜원이는 우리 아빠를
보자 손뼉까지 치며
좋아했어요. 오랜만에 친한
친구를 만난 사람처럼요.

"아저씨!"

혜원이는 보조 가방을

바람개비처럼 돌리며 아빠에게

달려갔어요. 내가 말릴 틈도 주지 않았지요. 분홍색

원피스에 달린 레이스가 팔랑거렸어요.

"아저씨, 안녕하세요."

아빠에게 달려간 혜원이는 넙죽 인사를 했어요.

아빠는 두 팔을 벌리고 반가워했어요. 빨간약을

바른 머리를 끄덕거리면서요.

"괜찮니?"

아빠는 혜원이를 이리저리 돌려 보았어요.

"괜찮아요. 아저씨, 이거요."

혜원이는 가방에서 포장지에 싼 무언가를 꺼내
아빠에게 주었어요.

"이게 뭐니?"

아빠는 헤벌쭉 웃으며 포장지를 뜯었어요.

"와, 모자네!"

"제 용돈으로 샀어요. 저 때문에 머리에 상처
났잖아요. 가발을 쓰지 못하실 것 같아서요. 그냥
다니면 햇볕 때문에 머리가 뜨겁잖아요. 이 모자 쓰고
다니세요. 바람도 통하라고 구멍 있는 걸로 샀어요.
보세요."

혜원이는 모자 옆에 뚫린 구멍을 가리켰어요. 아빠
입이 점점 더 벌어졌어요. 그깟 선물 하나에 꼭 바보가
된 것 같아요. 뭐가 좋다고 저러는지 모르겠어요.
대머리인 걸 들켰는데요.

이 제품으로
말할 거 같으면
바람이 숭숭~
천연 소재로 이루어진
챙 길이
7.5cm
높이
9cm
모자 둘레
FREE
최대 공기
주입량
10
100%
정품

"아저씨는 제가 좋아하는 대머리 1호예요."

"이왕이면 '대머리 1호 아저씨'라고 불러 주렴. 아저씨라는 말이 빠지니까 좀 이상하다."

"좋아요. 제가 좋아하는 대머리 1호 아저씨예요. 정말 멋져요. 그렇지, 호영아?"

혜원이는 엄지손가락을 추켜올렸어요. 나는 곁눈으로 아빠를 바라봤어요. 어깨를 쭉 편 아빠는 씩씩해 보였어요. 싱긋 웃는 얼굴과 대머리가 참 잘 어울렸어요. 나는 혜원이를 따라 엄지손가락을 올리고 싶은 걸 간신히 참았어요.

"응? 우리 호영이, 언제부터 거기에 있었어? 이것 봐라. 혜원이가 모자를 선물했다. 멋지지?"

아빠는 이제야 나를 본 모양이에요. 선물 하나 받았다고 아들이 온 것도 모르다니요. 나는 시큰둥한 표정을 지었어요. 하지만 참 이상해요. 속으로는 별로 화가 나지 않는 거 있죠.

"치, 별로야."

나는 고개를 돌리고 길을 건넜어요. 화가 많이 나
있다는 걸 아빠에게 보여 주고 싶었어요. 나는 괜히
앞서 가는 아이의 뒤꿈치를 발로 찼어요.

"호영아."

혜원이가 뛰어왔어요.

"왜?"

나는 일부러 퉁명스럽게 대답했어요. 혜원이는
생글거리며 내 옆에 바짝 다가섰어요.

"나중에 대머리 돼도 걱정 마. 그러면 너는 내가
좋아하는 대머리 2호 아저씨가 되는 거야."

혜원이가 내 귀에 대고 속삭였어요. 나는 걸음을
멈췄어요.

호호호. 목이 간질거리며 키득키득 웃음이
기어 나왔어요. 참으려고 침을 삼켜 보았지만
소용없었어요.

"어서 건너가, 위험해."

아빠가 소리쳤어요. 나는 아빠를 향해 두 팔을 번쩍 들어 보였어요.

'걱정하지 마세요, 멋진 대머리 1호 아저씨!'

나는 혜원이 손을 잡고 힘차게 뛰었어요.

나중에 커서 내가 아빠가 되고, 혜원이가 엄마가 돼서 대머리 3호, 대머리 4호가 태어나도 이제 괜찮을 것 같아요. 우리 아빠처럼 멋지게 키우면 되니까요.

아빠가 대머리이면 창피한가요?

나는 눈이 작아요. 코는 납작하고요. 입은 튀어나왔어요.

"한마디로 못생겼네요?"

친구들이 이렇게 묻겠죠? 맞아요. 못생겼어요. 한 가지 더
고백하자면 공부도 그다지 잘하지 못했어요. 하지만 나에게도
장점은 있답니다. 바로 사람들을 즐겁게 하는 힘이 있다는
거예요.

"같이 있으면 재미있어요. 힘이 불끈불끈 솟아요."

이런 말을 자주 들어요. 어때요, 예쁘고 공부 잘하는 것도
좋지만 남을 웃게 해 주는 이런 장점도 괜찮지 않나요?

혹시 우리 친구들 중에 남보다 예쁘지 않아서, 공부를
못해서, 키가 작아서, 그리고 가난해서 속상하고 창피한 사람이
있나요? 그런 친구가 있다면 지금 당장 생각을 바꾸세요.

사람은 누구나 각자 다른 장점을 하나씩 가지고 태어나니까요.
눈에 보이는 것이 전부가 아니지요.

　이 책 주인공인 호영이도 처음에는 대머리 아빠가 무척
창피했어요. 좋아하는 혜원이에게 아빠의 대머리를 들킬까 봐
조바심이 났지요. 그래서 아빠에게 억지로 가발을 씌우려고
갖은 노력을 다했어요. 하지만 결국 호영이는 깨닫지요. 아빠가
위험을 무릅쓰고 남을 구할 줄 아는 멋진 사람이라는 걸요.
아빠가 대머리인 건 그리 큰 문제가 아니란 걸 말이지요.

　눈은 작고 코는 납작하고 입도 튀어나온 데다 공부도 잘하지
못했지만, 나는 지금 아주 행복해요. 남을 즐겁게 해 주는 좋은
성격을 가지고 있고, 한 가지 더, 아이들을 위해 이야기를
지어내는 능력도 있으니까요. 이 책을 읽는 우리 친구들도
나처럼 자신감을 갖길 바랍니다.

2012년 여름

행복한 동화 작가 박현숙